三國風雲人物傳 11

英豪壯士張飛

宋詒瑞 著

新雅文化事業有限公司
www.sunya.com.hk

目錄

本書內容參考並改編自史書《三國志》、
小說《三國演義》及其他有關資料。

三國人物關係圖

曹操陣營

謀士

 司馬懿 字仲達

軍師

 郭嘉 字奉孝

 蔣幹 字子翼

 曹操 字孟德

武將

張郃 字儁乂

 張遼 字文遠

 夏侯惇 字元讓

 曹洪 字子廉

護衛

 許褚 字仲康

劉備陣營

五虎大將軍

 關羽 字雲長

義兄弟

 張飛 字翼德

義兄弟

皇叔

妻子

 劉備 字玄德

 趙雲 字子龍　 馬超 字孟起　 黃忠 字漢升

武將

義子

 關平 字坦之

 周倉 字元福

謀士

軍師

哥哥

 諸葛亮 字孔明

孫權陣營

孫權 字仲謀

家族 →

哥哥 孫策 字伯符　　父親 孫堅 字文臺

妹妹 孫尚香　　生母 吳夫人

軍師 →

武將

周瑜 字公瑾　　太史慈 字子義

黃蓋 字公覆　　呂蒙 字子明

謀士

張昭 字子布　　魯肅 字子敬

張紘 字子綱　　諸葛瑾 字子瑜

天子及諸侯們

漢獻帝

父親 ↓

漢靈帝

脅持 →

董卓 字仲穎

義子 ←

呂布 字奉先

武將

華雄

袁術 字公路

弟弟 →

袁紹 字本初

武將

顏良

文醜

在河北省涿州市蜀漢開國皇帝劉備的故里，有一座樓桑廟三義宮，為紀念三國時代劉關張三人桃園結義而建立。位於廟宇大殿正中的是漢昭烈帝劉備的威儀坐像，一邊是紅棗臉、丹鳳眼、臥蠶眉的關羽，一邊則是豹頭環眼、燕頷虎鬚的黑臉張飛。這正是他們的生前形象——大哥劉備顛沛一生立志鏟除奸賊保衞漢室，二弟關羽和三弟張飛一左一右忠誠相隨、悉心保護，三人形影不離。他們雖非親兄弟卻情勝親兄弟，其勇猛殺敵的英雄氣概和忠貞不渝的深厚友情為後世稱頌。

我已經詳細講述了劉備和關羽的故事，至於三人中的三弟張飛，保存下來的史料很少。我盡可能收集有關資料，在這裏給讀者勾畫出他那可歌可泣的一生，讓我們永遠記住這位可愛可敬的英豪壯士吧。

宋詒瑞

第一章
富家子弟豪爽漢

世家出身

那是在東漢末年桓帝年間，延熹七年（公元164年）農曆八月二十八日那天，北方幽州涿郡一個小村鎮裏，村民喜氣洋洋**奔走相告**：張家喜得麟兒，一個肥頭大耳的胖小子！

張家得子，為何驚動眾多村民？

張家是當地的世代大户，擁有不少田地房產不説，張家幾代老爺都是**溫文爾雅**，待人謙恭有禮的正人君子，他們平日善待鄉里，熱衷公益，

在鄉間享有極好聲譽。至於張家的歷史背景，**眾說紛紜**：有說是張家歷代是官宦出身，做過高官，後因事觸怒朝廷，被貶回鄉；有說是張家為歷代商賈，掙得富有家產，但後代經營不佳，所以還鄉務農⋯⋯村民是很務實的，不論你出處如何，只要與鄉親和睦相處，**待人以禮**，也就無謂去追究那些事了。

鄉間男子一般在二十歲出頭就成婚抱子，但是張老爺已人到中年，苦於一直膝下無子，鄉親對此也深感遺憾。今年年初張家夫人有喜在身的消息傳出，今日麟兒**呱呱落地**，怎不是

全村關心的一大喜事呢！

張老爺為兒子取名飛，字益德，期望他日後**飛黃騰達**，對家對國有利，且具備高尚品德。

張老爺很重視對兒子的培養，督促他自小讀書寫字，每天要背誦經書、練習書法。張飛自從學會了識字寫字，便迷上了文字，尤其是一筆一畫必須**工工整整**寫下的書法，不用師長催促，他能埋頭練習半天不厭倦。因此，他練得一手好字，篆、隸、草、行、楷幾種字體都練過，最擅長草書。每逢過農曆年前，他都會幫父親書寫幾幅春聯掛在各所宅門上。

　　有一天，小張飛問父親：「怎麼我的那些小伙伴都在練武功，成天喊着打打殺殺的？」

　　父親拉他坐下說：「飛兒，這事我正好要對你說呢！你知道村西頭的

王家、陳家為什麼家中只有孤兒寡母嗎?」

「噢,聽説他們的祖父、父親早就去世了,是嗎?」

「他家的男子是怎樣去世的,你知道嗎?」

小張飛搖搖頭。

「你看。」父親拿出紙和筆,在紙上畫起來,「我們住的這個地方是涿郡,這裏是在國境偏向北邊的地方,可以説是邊疆地帶了。這一帶居住的都是漢人,可是你看,在西北部這一大片區域是鮮卑山和烏桓山,你知道那裏居住的是什麼人嗎?」

「不是漢人嗎？」小張飛問。

父親說：「那裏住的是鮮卑人和烏桓人，他們是北方蒙古族的分支，是不定居的遊牧民族，生活條件很差。他們眼見這裏的漢族靠農耕有米糧蔬果吃，**豐衣足食**，眼紅得不得了，就常常下山來打劫。這些民族的男子彪悍強壯，一進村就搶奪糧食馬牛，村西頭的王、陳兩家**首當其衝**，當年就因為不甘心被搶食，父子兩代人與他們搏殺時被打死的。」小張飛聽得點點頭。

父親接着說：「這些異族時常前來侵犯，弄得我們邊界動盪不安，

人心惶惶。村民覺得不能被動挨打，便組織了武工隊，聘請武功師傅，集合青壯年練武，健身強體，若有外族入侵，我們就集合起來共同抗敵。飛兒啊，你一定要認真學習武功，你體格強壯，只要練好騎馬射箭砍殺的功夫，長大後就能有本領對付侵犯我們邊疆的敵人，保家衞國。」

「知道了，爹爹！」自此，張飛開始認真練功。好在父親本身武藝高強，是他的絕佳師傅，時時可以指點他，父親還請了武師教他。張飛長得高頭大馬，體質很好，加上正規的武術訓練，不久就練成為一名**力大無窮**

的壯士。他練武時氣壯如牛，吼聲似雷，氣勢懾人。同時，父親的**諄諄教導**和愛國情懷也深深植入了張飛的心中，他憎恨**禍國殃民**的奸臣盜賊，決意一有機會便要奔赴戰場為國出力，鏟除奸佞。

另外，張飛讀的書籍很廣，也時時寫些隨筆，他很講究**用字遣詞**，父親也是位文人，看了他的文章很是讚賞。有一天，張飛對父親說：「父親，您為我取的字益德，我知道您的用意，但是我的大名是『飛』，沒有翅膀怎麼飛啊？所以我想把我的字改為『翼德』，您看怎樣？」

　　父親解釋說：「這個『益』，不僅是取其有利有好處之意，它還是指一種會飛的水鳥鷁（粵音翼）。以前古時的船頭畫有這種鳥，它也會出現在圖騰中，與你的『飛』字也相配。」

　　「但是這個字很生僻，這種鳥也不常見，我還是比較喜歡『翼』字。」張飛直率地說。

　　父親是樣樣事情都隨愛兒的個性，說：「飛兒，這是你自己的字，隨你的意思吧。」

　　於是，張飛常常用「翼德」作為自己的字，但他對父親說的水鳥鷁

很是好奇，便憑想像在紙上試試畫出牠的模樣。畫着畫着，竟然對繪畫也有了興趣，由畫鳥到畫樹木花草和人物，到後來竟然能把家中的女輩一一畫得**似模似樣**，被人們稱為畫仕女圖的能手。

在父親的悉心栽培和家庭環境的薰陶下，小張飛漸漸成長為一名既熟讀經典、擅長書畫，又武藝高強，能文能武的聰慧青年。他性格豪爽、耿直，喜交朋友，這是他可愛的一面；但由於是家中獨子，父母寵愛在一身，用錢不會計較，事事都順心願，一有不如意，就急躁發怒，形成了他

性格中暴躁的一面，成為日後影響他事業發展的一大負面因素。

開設酒館

張飛逐漸長大，身高八尺，豹頭環眼，精神奕奕。因為他脾氣爽直、用錢大方，身邊有不少同齡的人時時聚在一起喝酒談天。做父母的不太喜歡見到一羣年輕人這樣**無所事事**遊玩，所以他們的聚會地點不定，有人就慫恿張飛說：「你家有地，不如你自己開設一個酒館，以後我們就有了落腳點了！」

張飛的興趣比較廣泛，他自己也

拿不定主意要從事什麼職業，反正家中不愁吃喝，如今這樣，日子也過得很愜意，不過伙伴的提議也正中下懷。有一個固定的聚會地點，又可幫家裏賺點錢，何樂而不為？

「對，那就開個酒館，我來當掌櫃，你們可以天天上來！」張飛爽快地答應，並向父親提議。張老爺心想：村民都嗜好杯中物，張家自己也釀了些酒自飲和送人，何不增加產量做起生意來，讓兒子有些正經事做？所以張老爺一口同意兒子的建議。

張飛做事雷厲風行，說幹就幹。他在鎮上選了一所位置合適的房屋，

修葺一下；添置桌椅板凳，增加人手，酒家幡旗一豎，這就開張了！

「光有酒不行呀，總得有下酒菜！索性連帶建個廚房煮些小菜，生意一定會好！」張飛向父親建議。

「可以啊！」父親樂得見到兒子滿腹籌謀，**摩拳擦掌**準備大幹一番，也就**順水推舟**，「下酒菜少不了肉類，要不在酒館隔壁開個屠房，用自家的豬肉！」

「這樣太好了，不用經過肉販子，可以少花很多錢！父親想得真周到！」眼見創業計劃越來越完美，張飛非常興奮。

這果真是一個好計劃。張家資本厚，酒館的規模、水準都超過鎮上一般的小酒館。張飛令人在酒館門前挖了一口井，規定屠房每天只宰三頭大豬，供應酒館的生意所需。砍下的豬肉就一塊塊浸泡在井裏，有需要才提上來做菜。井口上壓着一塊幾百斤的大石，這塊大石只有膀粗腰圓的大力士張飛本人能獨力一手拿起，一方面保持豬肉新鮮，另一方面也可防止有人偷肉。每天賣出這三頭豬的肉，肉類便賣完了。

酒館自開張以來食客如潮，人們稱讚這裏的酒水濃醇、肉食新鮮，日

日**座無虛席**，很快就回本賺錢了。

張飛有了這個酒館**如魚得水**，不用親手去做屠宰和照顧店面這些瑣事，而是充分發揮他的聰明才智，把一盤酒館生意做得**風生水起**，為張家增添了不少財富。父親看見兒子這麼能幹，儼然是一個出色的掌門人，心裏樂滋滋的。

愛國豪情

張飛愛結交四方豪傑人士，為人又豪爽，所以酒館裏很快就聚集着一批**血氣方剛**的年輕人，他們經常邊喝酒邊暢談國事，**無所忌憚**地批評當今

時事。

「唉，我父親說最近驢子的價格又上漲了，原先只要幾十文錢一頭的，現在已經賣到二百銅錢了。」一個青年歎道。

「普通的驢子怎麼一下子值錢了？」張飛問道。

「張掌櫃沒聽說嗎？靈帝又找到了新的樂趣——親自駕着由四頭驢拉的車在宮內的商街上飛奔，還要大臣仿效着與他比賽。這些高官誰駕過驢車呀？所以便差人到處收購驢子來練習。這下，驢子的價格與一匹馬差不多了，苦了要買驢運貨的百姓！」

「在皇宮裏開了商業街，扮商人做買賣遊戲；又養狗賽狗，現在又玩起了賽驢車！這位皇帝是越來越**不務正業**了！」張飛**口無遮攔**地批評。

「還有更驚人的呢！」一位朋友說，「以前鎮長、縣長這些低級官員的職位可以用錢買到，這是**明目張膽**的事。現在可不得了，朝廷的各級高階官位也竟然公開標價出售了！」

眾人大吃一驚，都說：「此事屬實嗎？可不能亂說啊！」

那朋友說：「**千真萬確**！皇帝的『西園官邸』專辦此事。聽說司徒、司空、太尉三公的價格是一千萬

銅錢，將軍級的八百萬。我朋友的一個遠房叔叔用四百萬便買到了一個公卿，月俸四百石呢！」

張飛聽得**怒火中燒**，憤憤地說：「這批狗官上任後只會為自己斂錢！

他們怎會為百姓辦好事？我恨不得統統殺了他們！」

靈帝劉宏自十二歲登基以來，身邊聚着操弄政權的十常侍——十二大宦官，以致年輕的靈帝沉溺遊戲享樂，不問政事，朝廷**烏煙瘴氣**，政治**岌岌可危**。

張飛的父親很關心國事，眼見時局險惡，憂心如焚。他常對張飛說：「目前這情況繼續下去，會出大事！你要**居安思危**，時刻留意時局，有需要時便挺身而出護衛漢室，不要讓奸賊得逞！」

「孩兒知道。保護朝廷必須鏟除

奸賊，國家需要我時，我會**義不容辭**的，父親請放心！若不為國出力，這八尺身軀要來做什麼？」張飛**大義凜然**回答。

*　　　*　　　*　　　*

光和七年（公元184年）二月的一天，有人帶來了驚人的消息：「不好了，真的造反了！」

已經攘擾多月的冀州鉅鹿太平道叛亂一事，近來是酒館眾人聊天的話題，這次來人帶來的消息，竟然是太平道首領張角兄弟三人全面發動了武裝暴動，頓時酒館裏就像沸水開了鍋，**七嘴八舌**議論起來。

「這叫**官逼民反**，民不得不反！當今貪官奸臣太多了，逼得老百姓活不下去！」有人說。

「加上連年天災，去年黃河水漲又引起山崩……這日子真是沒法過了！」有人附和。

「這些確是事實，但是張角用邪教蠱惑百姓，舉兵叛變朝廷，終究是**大逆不道**的事！」張飛發表他的看法。

　　來人又提供了更詳細的信息：「聽說這次張角兄弟在八個州同時起兵，他們人人頭綁黃巾，自稱『黃巾軍』，在各地焚燒官府、掠奪城鎮，官兵抵擋不住，我們冀州的親戚都逃到幽州來了！」

　　張飛**拍案而起**：「這還得了？這邪教想推翻朝廷奪天下，怎可容忍他們如此**胡作非為**！朝廷必須立即嚴厲鎮壓，不然國家就危險了！若是朝廷一聲號召，我們應當立即拿起武器，殺盡這批亂賊！」張飛緊握雙拳，**義憤填膺**，恨不得立刻奔赴戰場殺敵。

第二章
結識劉關共舉事

桃園結義

黃巾軍正式起義不到一個月，各地紛紛響應，每天都有城鎮陷入叛軍手中的消息傳來，各個地方府衙紛紛向朝廷討救兵。朝廷派出幾路部隊征討叛軍，但軍隊遠遠不足以應付各地需求，就下令各州府張貼募兵榜，廣招義兵參戰。

那一日，張飛酒館的一個伙計來上工時嚷道：「快去看！街上貼出了募兵榜文，要大家去當兵呢！」

31

「我正等着這一天！」張飛立馬
衝出門去。街上人來人往，只見市集
的中心廣場上豎起了一塊觸目的布告
牌，牌前圍着一羣人。張飛快步走了
過去，正好有人在讀着布告：

「近日黃巾叛軍猖獗，

侵犯城鎮……」

　　布告還沒讀完，前面有人搖頭歎息：「唉，漢室**危在旦夕**，怎麼辦呢？」

　　張飛聽得火冒三丈，毫不客氣開口訓斥：「哼，國家有難，不想着為國出力，歎什麼酸氣！」

張飛**聲若洪鐘**，那人驚得回頭望來。張飛見他身高七尺有餘，兩耳及肩、雙手過膝，儀表不凡。那人聽了張飛的話沒有惱怒，反而**彬彬有禮**地拱手作揖。兩人互報了姓名，那人原來是近代淪落的皇室宗親劉備，字玄德，一心報國，但苦於無門，便在此歎息。

張飛心中對劉備產生了幾分敬意，消除了剛才的不滿，主動邀請劉備說：「先生的志向甚合我意，我在附近有一個小酒館，不如我們去那裏坐下來細談。」

劉備高興地同意了。張飛帶他回

到酒館，剛坐下不久，一名伙計前來報告說：「張掌櫃，有人在門口鬧事！」

原來有一名身高九尺多、長鬚紅臉的大漢吵着要吃肉，伙計告訴他今天提上來的豬肉已賣完，只有井裏還有，唯有掌櫃才拿得出來，說：「你有本事自己去拿！」

伙計說完，那大漢真的向井口走去，旁人半嘲笑半勸告他別**自討苦吃**當眾出醜。大漢不理眾人，徑自走到井邊，竟輕輕鬆鬆搬起石頭，提出一大塊肉來！

張飛在一旁看得心中暗喜，心想這是一名可結交的勇士，便上前向他

拱手行禮，連聲道歉：「我是掌櫃張飛，字翼德，伙計**有眼不識泰山**，失禮了！請進來同飲一杯！」

張飛與劉備及那名漢子一同回到酒館坐下。大漢介紹自己是河東解良人關羽，字雲長，因犯了事逃離家鄉五六年，黃巾叛亂使他**憂心忡忡**，特地趕到涿縣來報名從軍。

張飛一聽便與劉備交換了眼色，劉備深知其意，輕輕點了點頭。張飛說：「我與這位玄德兄也是剛剛相識，我們都是想去報名參加義軍殺敵的。既然雲長也有此意，不如我們……」

劉備接口說：「不如我們聯合有志人士，共同組成一支隊伍抗敵，不受人牽制，行動迅速，效果顯著⋯⋯」張飛在一旁留意着關羽的反應。

關羽捋捋自己那一把長鬍子，緩緩說道：「這倒是符合我的心願，但是自組隊伍可不簡單啊，要有足夠的人力財力。」

張飛馬上說：「資金方面我可出些力，我家有些田產房產可變賣。家鄉有不少熱血青壯年，這些天都嚷着要去參軍，我可以動員組織他們加入。」劉備也說他在老家可以召集到幾百人組成基本隊伍。

關羽聽得很激動，說自己雖**身無長物**，但有一身力氣，有力出力，凡需要衝鋒陷陣，他一定**赴湯蹈火**，義不容辭。

三人越談越高興，越談越興奮，也越談越親密，而張飛更是覺得不想離開劉備與關羽了。

能夠找到**志同道合**的好伙伴，可以**同心協力**一展宏圖，張飛感到無比幸運！此時，劉備提議：「我們三人如此投契，不如結拜為義兄弟，**生死與共**！」

張飛覺得劉備說出了他的心裏話，深表同意：「好啊，我也正這麼想！認識兩位是**三生有幸**，真不想與你們分開！」關羽也連連點頭。

張飛建議：「我家有一處莊園，近日桃林裏桃花盛開，意頭甚好，不如到那裏舉辦結拜儀式。」劉備和關羽都贊成。

張飛家擁有多處莊園，而這座莊

園是最大的，裏面有一片桃林，年年桃花盛開時景色迷人，那時張家就會開放給鄉親觀賞，張飛常説：「**獨樂樂，不如眾樂樂***。」他喜歡見到桃園裏**遊人如鯽**的歡樂景象。

舉行結拜儀式那天，張飛早早就起身沐浴淨身，令人準備了牛頭馬首等祭品在桃園等候。劉備和關羽來到，對燦如紅霞的桃園景色讚不絕口，對張飛的精心安排由衷感謝。

三人虔誠地焚香燃燭，祭告天地，結拜為異姓兄弟，並按年齡排序，劉備為大哥，關羽是二弟，二十

---

*「獨樂樂，不如眾樂樂」：出自儒家經典《孟子·梁惠王下》，指與其獨自欣賞音樂，不如大家一起欣賞音樂，意即分甘同味。

歲的張飛是小弟。儀式結束後，張飛
大擺盛宴招待鄉親，歡慶一番。

慷慨解囊

結拜之後，三兄弟便着手組織隊
伍的具體工作。張飛沒有食言，他開
始變賣手中的幾處莊園和一些田地房
產，關羽留在他身邊協助；劉備返回

老家去招募人員。

張飛**慷慨解囊**，留下了家人需要用的一些房產，把其餘的都捐獻出來。關羽看着不忍心，勸他為家人多留些家產，張飛激動地回答：「財產都是**身外之物**，白白放在那裏沒用。如今殺敵救國正需要錢財，就讓它們發揮作用，為了我們的事業我毫不顧惜。」關羽一聽，不禁對張飛十分佩服。

劉備從老家帶來了二百多人，張飛大喜，說：「大哥回家**一呼百應**，真有人緣！」

關羽說：「大哥為人仁義厚道，是積德在先啊！」

張飛感歎道：「大哥身為皇室宗親，但是絲毫沒有一般皇族宗親的架子，還能與我們平民一輩稱兄道弟，共同立志維護朝廷，今後我們要好好保護大哥，幫助他完成殺敵衛國的大業啊！」

關羽點頭稱是：「大哥長有一副富貴相，日後必定能成就大事！我們就**各盡所能**吧！」

從此三人食同桌、眠同席，真是比親兄弟還要親。每凡劉備外出，張飛和關羽便會左右跟隨，如同貼身保鏢；若是劉備坐下，他們就站在他附近留意觀察四周環境，防止有不利劉

備的情況出現。兩人對劉備**關懷備至**，三兄弟感情篤厚至深。

籌備了一段日子後，張飛眼看手頭的資金逐漸減少，對劉備和關羽憂慮地說：「我們還有很多事情沒有辦呢，看來這些錢是不夠用了……」劉備和關羽都是**身無分文**的人，一時無語，低頭沉思。

張飛想了想說：「我看，就把我那小酒館也賣了吧，輕身上陣，也就沒有**後顧之憂**！」

關羽馬上提出反對：「酒館是你唯一能賺些錢養家的生計了，不能賣！」

劉備也反對：「三弟，你已經為我們的事業作出了很大的貢獻，差不多**傾家蕩產**，不能再難為你了。我們再想想，總有辦法的。」

真是**天無絕人之路**！有天，張飛興沖沖地告訴劉備和關羽，說：「不用發愁了，我們的財神來了！」

劉關兩人忙問是怎麼一回事，張飛說：「有兩名商人主動來捐助我們，已經到了酒館，快跟我去見他們吧！」

三人急急來到酒館。原來是中山縣的兩位愛國富商張世平和蘇雙，他們經常來涿縣做馬匹的買賣，今次前

來聽說酒館掌櫃正在籌劃義軍去討伐黃巾叛軍，便來找張飛了解詳情。

兩位商人見到三位**英姿煥發**的壯漢站在面前講述他們殺敵衞國的豪情壯志，心生敬佩之情，決意要出力相助。兩人捐獻了良馬五十四、金銀五百兩、精鐵一千斤。

張飛感歎道：「這真是**雪中送炭**啊！」

兩位商人的資助大大激勵了三兄弟以及鄉親的鬥志。青壯年紛紛前來報名參戰，短時期內已經招募到五百多人，形成了一支隊伍的雛形。

出征前，以前當過鐵匠的關羽安

排打造各類兵器和盔甲，並讓劉備、
張飛及他自己也選鑄了稱心的武器。
張飛說：「我已有一把名刀新亭侯
刀，就鑄一枝長矛吧！」

他設計的蛇鋼矛有一丈八尺長，既可刺殺傷敵又可勾取敵方兵器，被劉備稱為「妙不可言」；劉備會左右舞劍，打造了一副雙股劍；關羽**力大無比**，喜歡使用重量級武器，打造了一把八十二斤的青龍偃月刀。

一切準備就緒後，這支五百多人的義勇軍就出征了。

張飛把酒館交付給得力助手，安排好家事，告別了**土生土長**的老家，隨軍出征。臨走前不免對這片故土產生了不捨之情，他久久徘徊在家門口，望着面前熟悉的一切，真想多看幾眼，把家鄉深深留在心間。最終，

上陣殺敵的激情勝過了鄉情，他堅定地一揮手，激昂地說：「別了，我的老家！我張飛不殺盡叛賊決不回來見父老鄉親！」這一別後的三十多年，張飛**南征北戰**，再也沒有回鄉了。

征討黃巾

劉關張率領的義軍投靠了幽州府太守劉焉，在他的調配下，參加了多次鎮壓黃巾軍的戰鬥，戰果輝煌。他們曾經殺了黃巾軍大將程遠志；曾趕往青州戰場救援，殺退黃巾軍；又曾平定中山縣太守張純的叛亂……在多路義軍中表現突出，為協助漢軍鎮壓

叛黨立了大功。但是劉備只被安排到中山府安喜縣當一個管理治安的小小縣尉，張飛和關羽都為劉備感到**忿忿不平**，張飛更是**義憤填膺**，說：「我們**出生入死**地四出征戰，大哥在對付張純時還幾乎送命，卻被如此對待，真是太委屈了！走，我們向官府講道理去！」不過，劉備認為能獲得一職已是好的開端，一步步慢慢來吧。

然而，即使劉備**忍辱負重**，後來因為受到督郵的輕視，終於**忍無可忍**，出手鞭打了督郵後帶着張飛和關羽潛逃。此外，早前劉備帶領張飛及關羽前往潁川殺敵後，途中遇上劉備

的恩師、盧江太守盧植，他被貪官誣陷，坐在囚車裏押往京城。張飛舉起大刀想去劫囚車：「太氣人了！來，我們三人合力可以救到恩師！」但是劉備攔阻了他，說恩師一生為人清白，真相一定可以水落石出。

三人無奈目送囚車遠去，張飛對官場的腐敗亂象**恨之入骨**。

此後劉備因為實力不足，不得不投靠不同諸侯參與剿匪戰事。張飛和關羽敬佩劉備**不折不撓**、立志護漢的堅毅精神，一直跟隨劉備**顛沛流離**，奮力殺敵。他們始終**忠心耿耿**、不離不棄，忠實地履行着結拜的誓言。

偶得嬌妻

在此期間，張飛人生中發生了一件大事。

建安五年（公元200年），張飛跟隨劉備在徐州被派到沛國一帶發展勢力。有一天，他領兵外出，騎馬路過豫州譙郡郊外的一處山林。這裏林木葱鬱，鳥雀無聲，幽雅寂靜。張飛放慢了馬速，**悠然自得**緩緩前行，放鬆了戰鬥時的緊張情緒，享受着那難得的片刻寧靜。

忽然，他在一片綠蔭中瞥見一點紅——放眼望去，有一個身穿紅色裙褂的年輕姑娘，正彎着腰用鐮刀拾取

地上的斷枝殘葉，身旁放着一個半滿的竹筐。

張飛鬆弛了韁繩，放馬悄悄走近。姑娘聽得馬蹄踩着落葉的「悉悉索索」聲，抬起頭來。張飛見那姑娘長得端莊秀麗，淡雅中透露着一股高貴之氣，一看就知不是平凡的鄉間女子。

那位姑娘見眼前是一位身披盔甲騎着駿馬的將軍人物，**慌了手腳**，露出驚慌的神色。張飛下了馬，柔聲道：「姑娘不必害怕，我不會傷害你的。可是，為何你獨自一人在此荒山野林中啊？」

姑娘低着頭輕聲答道：「小女子

家住山下，今日閒着上山來撿些柴火解悶……」

張飛笑了：「姑娘好大膽！不怕被毛賊盜匪擄了去當壓寨夫人啊？」

姑娘也笑了：「不怕，聽說附近來了一位很厲害的將軍，**劫富濟貧**，專做好事，有他保護，還怕什麼？」

「那麼，你願意一輩子都受他保護嗎？」張飛柔聲問道。

「當然願意，假如我能遇見他的話……」聰慧的姑娘意識到了什麼，抬頭望了望張飛的笑臉，突然羞紅了臉。

張飛一手抱起了姑娘放上馬鞍，

笑道：「好吧，隨我來，我一輩子保護你！」

　　林間邂逅，造就了一段美好姻緣，後來張飛娶了她為正室。這位姑娘原來是曹操名將夏侯淵的姪女，而夏侯淵的妻子是曹操的妻妹*，這樣一來，張飛便成了曹操的遠房親戚。這位夏侯氏陪伴了張飛征戰一生，生了兩個女兒，兩女先後成為蜀漢後主劉禪的皇后。

我竟然與張飛成為親戚？

曹操

*妻妹：妻子的妹妹，現代稱呼為「小姨」。

第三章
南征北戰真漢子

虎牢大戰

靈帝駕崩後，年幼的劉辯繼位為帝。中平六年（公元189年），奸臣董卓利用手中軍隊稱霸朝廷，廢黜少帝劉辯，立九歲的留王劉協為獻帝。董卓**橫行跋扈**，迫害忠良，**胡作非為**。次年，十八路諸侯以渤海太守袁紹為首，組成聯盟出兵討伐董卓。

張飛跟着兩位義兄，隨着北平太守公孫瓚參與伐董行動。長沙太守孫堅首先殺向汜水關，卻被守將華雄擊

敗；關羽**自動請纓**，於一杯溫酒尚未變涼的時間內砍下了華雄的腦袋，聯軍趁勝向距離洛陽僅五十里的虎牢關進軍。董卓大怒，準備親領十五萬人馬出戰，並先派出他的義子、著名的年輕猛將呂布率領三萬人馬為先頭部隊，在虎牢關紮營。

劉備與關羽、張飛暫未得到出戰的機會，便在軍中靜觀戰局。前線不時傳來不利的消息：河內太守王匡的部將方悅與呂布交戰不到五個回合就被殺，王匡被部下救出；北海太守孔融部將武安國去挑戰呂布，被砍斷手腕。張飛聽着這一連串戰報，不由得

暴跳如雷，大吼：「呂布這小子太猖狂了！怎會沒人收拾他？」

旁人都搖頭歎道：「早已聽説呂布勇猛，果真如此，看來難以對付！」、「他騎上赤兔寶馬日行千里，真是**如虎添翼**，更難抵擋！」

張飛以鄙夷的口吻道：「此人忘恩負義，背叛了自己的義父丁原投靠董卓做盡壞事，是個臭名昭著的『三姓家奴*』！怎能容忍他在此**耀武揚威**？」

張飛幾次想衝出去與呂布拚殺，但因為沒有軍令，被劉備和關羽攔

---

*呂布曾為丁原義子，之後他殺了丁原當了董卓的義子，所以呂布背負了呂、丁、董三家之姓。

住。呂布多次得勝，越發狂傲，索性走到陣前喊戰，見聯軍無反應，便**冷嘲熱諷**一番，更拍馬要衝上來。公孫瓚上前迎戰，兩人只打了兩個回合，公孫瓚便抵不住呂布的猛攻，撥馬回走，呂布緊追上來，眼看就要刺中公孫瓚的背心！張飛實在**忍無可忍**，只聽得他一聲怒吼：「三姓家奴，你休想猖狂！」手揮着蛇矛直向呂布刺過去！

呂布一驚，見這大漢怒目圓睜、殺氣騰騰衝過來，便回頭擋住他的蛇矛，兩人隨即投入激烈搏殺。呂布最忌旁人稱他是三姓家奴，一聽張飛如

此當眾羞辱他，氣惱無比，更起殺心。至於張飛，他**一身正氣**，誓要取下這小人的命。張飛的蛇矛一次次刺殺，**力重萬鈞**，呂布用方天畫戟抵擋躲避，兩人連續廝殺三十多回合不分勝負，雙方兵馬看得**驚心動魄**。

關羽和劉備一來擔心張飛的安危，二來心想此次不戰勝呂布，還要等到什麼時候？於是，他們上陣助張飛一臂之力。張飛、劉備、關羽三人圍住呂布左右刺殺，呂布漸漸不濟，空晃一槍後乘隙逃跑，三兄弟緊追，但呂布的赤兔馬奔馳如飛，載着他飛奔入虎牢關。張飛要往前追去，關上

亂箭如雨下，只得退回。

第二天，呂布下關來單挑張飛，張飛大怒，飛馬出來迎戰。兩人交手幾十個回合，張飛越戰越勇，手中的蛇矛如有神助，飛舞得神出鬼沒，呂布被晃得**眼花繚亂**，漸漸體力不支，回馬退回關內，堅守不出。

洛陽虎牢關大戰，聯軍打敗了呂布，而張飛更是從此和呂布結下了怨仇。虎牢關的百姓在此建立了三義廟，紀念這場惡鬥。

張呂恩怨

後來，呂布殺了董卓，但被曹操打敗，便來投奔受已故太守陶謙之託而掌管徐州的劉備。

嫉惡如仇的張飛怎能容忍與這敗類共事？他竭力反對道：「呂布背叛了兩個義父，為了私利什麼壞事都做得出來。大哥，你不能留他呀！」關羽也認為收留這種小人是**引狼入室**。但是，劉備覺得為了對付共同敵人曹操，不應拒絕呂布，便讓呂布在徐州附近的小沛紮營。

曹操想借劉備之手除掉呂布，就以獻帝正式任命劉備為徐州牧之名，

命令劉備殺了呂布。張飛興奮地説：
「這小子早就該讓我們收拾掉了！」

　　但是劉備下不了手對付前來投靠
自己的呂布，就沒理會朝廷的命令，
張飛見劉備態度堅決，雖然心中對呂
布有再多的不滿，也只能忍氣吞聲。

　　曹操見一計不成，就另出一計，
要劉備去攻打南陽太守袁術。這次劉
備不能再抗命了，但是，他擔心出征
後徐州的安危。張飛慨然説：「大哥
放心出征吧，我來守徐州！」

　　劉備和關羽都擔心愛喝酒的張飛
酒醉誤事，不過，張飛發誓守衛徐州
期間**滴酒不沾**。

　　劉備和關羽帶了三萬人馬出征，
張飛當晚就擺宴，跟將領說：「我們
今晚一同痛飲，明天開始便禁酒。」
張飛自己喝了個痛快，並要將領共飲。
一位叫曹豹的將領不肯喝酒，醉醺醺
的張飛一時火起，怒斥道：「打仗的
不會喝酒？怎麼打仗？」他端着酒杯

堅持要曹豹喝，不然就拉出去打。曹豹求情時說漏了嘴：「請看在我女婿呂布將軍的面上，饒了我吧！」

曹豹不提此事也罷，一聽到呂布之名，張飛如同**火上加油**，更是怒氣沖天，大叫：「哈，竟敢用這三姓家奴的臭名來壓我？那我今天是打定你了，打你就是打呂布這小子！來人，給我把他拉出去，痛打五十大板！」

曹豹被打得**皮開肉綻**，滿心委屈，立意背叛張飛，叫人連夜送信給呂布。野心勃勃的呂布早就想奪取徐州，聽說劉備和關羽不在，張飛只知喝酒，便認為是**天賜良機**，與曹豹內

應外合，殺向徐州城。

這時，張飛喝醉了酒，在府中呼呼大睡，手下過去搖醒他，驚慌失措地說：「呂布開了城門，打進來了！」張飛一聽不禁大怒，急忙提起蛇矛，一出門便遇上呂布的軍馬，但他酒醉未醒，不能全力迎戰，而呂布也忌憚張飛，不敢過於相逼。於是，將領保護張飛殺出東門，但徐州卻落入呂布手中了。

劉備和關羽聞訊趕回來，為時已晚。關羽大罵張飛：「你是怎樣發誓要守住徐州的？怎麼就過不了杯中物這關？你還有什麼臉來見大哥？」

張飛萬分羞愧和內疚，低頭流淚，跪着要求軍法處分。但是，劉備怎捨得下手呢？他連連自責沒有聽從兩位義弟的勸告，收留了呂布這個負心漢。

劉關張三人又無家可歸了。

　　為了手下幾千人的生存，劉備決定暫時向呂布低頭。張飛大驚：「投奔這個小人？我做不到！」

　　張飛了解呂布的本性，洞察他的野心，自從呂布來到徐州後，張飛就一直不信任他。張飛細心觀察呂布的言行，提防他會背叛；還曾經打探到呂布偷偷購買了一百五十匹良馬，他不放心呂布此舉便把馬匹搶了過來；也曾保護劉備不被呂布暗算……誰知竟因一場酒宴壞了事。

　　現在為了生存的現實問題不得不屈從呂布，這使張飛很痛苦。但是他和關羽深知大哥劉備具有**能屈能伸**的

堅韌不拔品格和奮鬥精神，也就依從了大哥的安排。

呂布接納了劉備等三人，安排他們在小沛駐紮。雖然屈身於呂布之下，但張飛和關羽還是努力協助劉備**重整旗鼓**，發展經濟，把小沛整理得**井井有條**，百姓安居樂業。然而，這引起了呂布的猜忌，舉兵進攻小沛。

張飛破口大罵：「這三姓家奴真不是東西，怎麼**翻臉如翻書**，說變就變，一點道義也不講！」他急於要去對付呂布，但是劉備考慮到目前自己的實力不足以抵擋呂布，便向曹操求援。曹操出手相助，劉曹聯軍合力攻

下徐州，殺掉呂布，終於消除了張飛**心頭之恨**。

殺回徐州

張飛跟着劉備和關羽暫時屈居曹營，雖然劉備採用**韜光養晦**之計，埋頭園藝**不露聲色**，但是曹操還是猜忌他有自立門戶爭天下的志向，張飛和關羽也時時提醒劉備要提防曹操，想辦法趁早擺脫他。

機會來了！公元199年，曹操要阻攔袁紹兄弟聯合起來，劉備主動請戰，被批准後帶領五萬人馬速速離開了曹營，去攻打投奔袁紹的袁術。

　　袁術見是劉關張三將聯手來攻，派出他的猛將紀靈迎戰。關羽一聽到袁軍由紀靈率領，便嚷着要去與這舊敵再比高下，因為兩人曾對打過二三十回不分勝負。張飛勸阻他說：「你已經與這個山東漢較量過了，這次讓我來吧，我替二哥去殺了他！」

　　劉備說：「別小看這個紀靈，聽說他那把三尖兩刃刀不同尋常，很厲害呢！」

　　「哼，他的大刀能比得過我的蛇矛？休想！你們等着我的好消息吧！」張飛**摩拳擦掌**。

　　果然，張飛一上陣，見紀靈這個

高大漢子手中揮舞的長柄大刀非同一般，它的刀頭分三叉，刀口有兩刃，既能殺傷對手，又能抵擋多面攻擊，這麼沉重的大刀也只有這個大漢能使用。張飛與他刀來矛往，心中暗讚紀靈能把大刀舞得如此**得心應手**。

此時的張飛，走出了**如狼似虎**的曹營，與兩位兄長重獲自由身，鬥志昂揚，一心要藉此次殺敵機會擺脫曹操重整旗鼓，所以拚命奮戰，一把蛇矛舞得**颯颯生風**；交手不到一頓飯工夫，已把紀靈刺下馬來。主將一倒，袁軍也就**作鳥獸散**。袁術走投無路，不久就病死了。

＊　　＊　　＊　　＊

劉備重新佔領徐州，百姓歡迎劉備一行回來，舊部也紛紛前來歸順，隊伍很快就擴大到近萬人。曹操見劉備背離了自己，非常惱怒，派了劉岱和王忠去攻打他。關羽先迎戰，活捉了王忠；張飛**不甘示弱**，嚷着也要活捉劉岱，劉岱嚇得閉營不出。

張飛心生一計，派人放出假消息，説當晚要去劫營，待劉岱放空了營寨，張飛卻兵分三路，一路衝入曹營放火，另有左右兩路夾攻劉岱的埋伏軍。劉岱沒估計到張飛這一招，亂了陣腳，在逃跑途中被張飛活捉。

　　張飛**得意洋洋**地押着劉岱回營，
劉備和關羽稱讚張飛打仗善用計謀，
張飛説：「這要多虧在老家時父親逼
着我讀書，那時看了很多兵書，看來
兵法還是很有用啊！」

第四章
流落江湖喜重逢

立足古鎮

曹操哪能嚥得下這口氣？加上公元200年，大臣董承連同劉備等人策劃對付曹操，但這事泄密被曹操知道，他對劉備更是氣惱萬分，立即親領二十萬大軍，兵分五路進攻劉備紮營的小沛。劉備向袁紹求援，但袁紹藉故推託。張飛氣憤地說：「**求人不如求己**，我有辦法！」

張飛襲用了上次的劫營方法，但是這次曹操早早作好了準備。張飛的

偷襲中了曹操的**八面埋伏**之計，部隊被打散了，身邊只剩下幾十名騎兵。雖然張飛最後殺出一條生路，卻與劉備失散了。小沛被攻陷，劉備只好放棄徐州，向北去青州投靠袁紹。鎮守在下邳照顧劉備妻兒的關羽也落入曹軍手中，不得已暫居曹營。三兄弟流落**天各一方**。

*　　*　　*　　*

事已至此，無論是小沛，還是徐州，都回不去了，張飛一行只得去沛縣西邊的芒碭山（碭粵音盪）。這一帶山區地勢險要，由芒山和碭山的十幾個山頭連成一片，山上樹木雜草叢生，荒涼無人煙，歷來是盜賊的聚居地。張飛望着峻峭的山頭自言自語道：「看來我張飛也要**落草為寇**做山大王了！」

芒碭山一帶的草寇聽說是與關羽同為「萬人敵」的虎將張飛來到此地，都仰慕其名齊來投奔，擁他為王。於是，張飛真的做了一陣子的山

大王。

　　但是張飛**念念不忘**兩位兄長，不知他們的生死，心中一直在擔憂，便派人到處去打聽消息。陸續有消息傳來，說是劉備投靠了袁紹，關羽投降了曹操，身居曹營受到優待。

　　知道兄長都在世，張飛鬆了一口氣，但是他不願相信關羽會**助紂為虐**，痛罵傳遞消息的人：「你們這是造謠中傷，想詆毀我們的信譽、離間我們兄弟！」

　　但是消息越傳越真，**言之鑿鑿**說關羽為曹操出陣，連殺了袁紹兩名大將，獲贈大量金銀財寶……看來是真

的了。張飛氣得大罵：「姓關的，你忘了當年誓言，居然背叛大哥，背叛我們的結義！**有朝一日**我要親手殺了你這個叛徒！」

後來又有消息傳來，說劉備被袁紹派去汝南鎮壓黃巾餘黨叛亂，也可能去招降關羽。張飛擔心大哥安危，就離開了山頭，帶了隨從去汝南尋找劉備。

張飛一行離開了芒碭山，向西要去豫州的汝南地區。但是路途難行，山地綿延，行走幾日所帶的飲水和糧食都已告絕，急得張飛派人四處去尋找村落補充糧草，而沿途所見除了山還是山，他急躁地罵道：「這是什麼鬼地方？怎麼一個人影也見不到？」

終於在山巒中見到一個小城，走近一看，城門上寫着「古城」二字。

張飛策馬到縣府，大步衝入大堂向着縣官嚷道：「我張翼德今日路過此地，需借些糧草應急！」

那縣官一聽張飛大名已經嚇得發抖，哆嗦着回答說：「本縣**民窮財困**，實在沒有多餘糧食可⋯⋯」

縣官的話還沒說完，張飛大喝一聲：「你不要敬酒不吃吃罰酒！今日不借，我就取你的小命！」說着就揮動大刀追殺過來。

縣官**抱頭逃竄**，張飛索性坐上縣官高座哈哈大笑道：「好啊！料你這狗官也不是什麼好東西，待我來替你坐幾天堂，嘗嘗當縣官的威風吧！」

　　原來這縣官真不是好東西，一向
以**苛捐雜稅**勒索民眾。大家聽說張飛
趕走了縣官，都紛紛來訴說苦情，張

飛聽得火冒三丈，提着大刀要去找縣官算賬，為民除害，縣官嚇得早就攜帶家眷**逃之夭夭**了。

於是，張飛就在古城落下腳。他發揮了昔日在老家經營酒館的管理才能，以民為本，採取了一些利民措施**開源節流**，發展經濟，鼓勵**互通有無**的商貿來往，百姓的日子漸漸好起來。張飛還儲存糧草，招徠兵馬，擴充實力，很多青壯年慕名而來，幾個月間聚集了數千人。張飛過得自由自在，逍遙愜意，**似模似樣**地過起了草莽大王的日子。

兄弟重逢

然而，張飛仍是**無時無刻**不牽掛着大哥劉備。同時，他對二哥關羽投曹**耿耿於懷**，總想着**有朝一日**要找他算賬。那邊廂，劉備一心想方設法離開袁紹，聽説汝南黃巾軍殘部又在作亂，便主動提出帶軍去鎮亂。身在曹營的關羽收到來自劉備的一封責備信，痛哭流涕，加上他收到消息説劉備在袁紹那兒，便扔下曹操給他的一切賞賜，騎着赤兔馬護送劉備的兩位夫人過五關斬六將去與劉備會合。

那天，部下向張飛報告，説有一隊人馬向古城趕來，為首的打着一面繡

着「關」字的大旗。張飛一聽不禁跳了起來，大叫道：「好啊，你這叛徒終於送上門了！你竟然還有臉來見我？」說罷就抄起自己不離身的蛇矛，**風風火火**地衝出門，騎上馬飛奔而去。

在古城門口，**風塵僕僕**的關羽一行迎面而來，張飛不由分說舉起蛇矛直刺關羽，喊道：「你這**忘恩負義**的傢伙，今天我要親手宰了你！」

關羽連忙制止他，高聲說：「三弟，你誤會了！」

正在氣頭

上的張飛哪能住手，還是**怒氣沖沖**地向關羽衝殺。劉備的兩位夫人擔心這兩兄弟會傷了彼此，連連向張飛搖手叫停，並招手要他過去。

張飛見兩位夫人安坐在車內示意，便暫停了攻打，策馬過去請安。兩位夫人擔心急性子的張飛傷了關羽，連聲解釋道：「翼德，別誤解你二哥……」

正在此時，傳來一陣急促的馬蹄「得得」聲，一支隊伍舉着曹字大旗飛奔而來，為首的是曹軍大將蔡陽，他為了關羽硬闖黃河渡口時砍殺他的外甥秦琪而來，要**報仇雪恨**。這下，

張飛對關羽的誤會更深了，他對關羽大吼：「好啊，瞧你把曹軍也帶來了想對付我！」

關羽急忙擺手道：「三弟弄錯了，他們是來對付我的！」果然，蔡陽騎着馬衝向關羽大叫：「秦琪**盡忠守職**，你為何殺了他？我要取你性命為他討個公道！」

關羽轉向張飛道：「他來得正好，待我宰了他？你就可相信我是清白的！」

張飛說：「如果你真的是清白，我限你在我三次鼓聲之中，斬掉蔡陽！」

關羽一聽毫不猶疑地大喝一聲：「好，擂鼓！」張飛半信半疑，但還是親自拿起鼓槌，擊起**激動人心**的戰鼓。只見關羽揮動大刀衝向蔡陽，連一聲鼓聲還沒結束便砍下了他的頭顱，曹軍嚇得不戰而退。

張飛這才相信關羽，不過仍有滿腹疑問。他把一行人迎進縣府的廳堂內，劉備的兩位夫人細述關羽如何在下邳戰事中失利，無奈帶着她們暫居曹營，悉心照顧。雖然受曹操厚待，但他不貪錢財，一打聽到劉備下落就不辭而別，保護她們過五關斬六將……張飛聽得**熱淚盈眶**，跪倒向關

羽道歉：「二哥，我錯怪你了，請你原諒我！你真是我的好二哥啊！」關羽也**淚眼漣漣**說：「三弟一向嫉惡如仇，我是知道的，不怪你！」

劉備聽說兩個義弟都在古城，也急忙趕來。三人失散多時才得以相見，激動得抱在一起痛哭了一場。患難中彼此**牽腸掛肚**思念，千方百計尋找，歷盡千難萬險終於團聚。

折服諸葛

張飛已在古城站住腳，擁有幾千人馬，也有一些經濟基礎，所以三兄弟在這裏暫時休整了一番。張飛很想

長期留在這裏，但是劉備和關羽都認為古城太小，不利今後發展。最終三人決定轉移到已經歸順劉備、由劉辟及龔都駐紮的水陸碼頭汝南。

汝南地勢平坦、交通方便，有利於發展經濟。張飛和關羽協助劉備在此**休養生息**、整頓發展，積聚了一定實力。當時見曹操在北方與袁紹周旋，劉備就帶了張飛、關羽、趙雲（字子龍）三員大將去攻打許都，想救出被曹操控制的獻帝。

兩軍在穰山交戰，曹操派出力氣大而寡言，號稱「虎癡」的貼身護將許褚出陣。許褚高大魁梧，善用一把

鑌鐵大砍刀，**力大無比**。曹操曾見
他在作戰時弓箭用盡，就用大石當作
武器飛擲敵軍，又曾一手拉着牛尾巴

倒拖行走百餘步去與敵軍交換糧食，驚歎他的勇猛，便任用他作護衞。這次，大將趙雲先與許褚交手，兩人打得不分勝負；隨即張飛和關羽分兩面殺出，許褚**力有不逮**，知道自己打不過這兩員猛將，勉強對付幾下就狼狽逃走。

曹操為解許褚之危，派一支士兵去攻打劉備的大本營汝南，另一支士兵去包圍劉備的運糧隊。關羽趕回去救汝南前，汝南已被攻破；張飛去救運糧隊也沒成功，三人再一次**無家可歸**了，只得去荊州投靠劉表，暫處新野。

劉備常向關羽和張飛感歎說，自己胸有匡扶漢室大志，但漂泊半生總未成事，看來是身邊沒有一個可以出謀劃策的軍師。張飛想了想，覺得大哥說的也是實情，只是自己一時也想不出可以請誰來輔助大哥。

劉備**求賢心切**，這時，劉備的謀士徐庶因為母親被曹操挾持，而不得不離開劉備投靠曹操。辭別時，他向劉備推薦隱居在隆中的臥龍先生諸葛亮（字孔明），稱讚他**洞察世情**、懷有奇才，若得到他，一定能夠成就大事。劉備一聽很興奮，說要準備厚禮去拜訪他。

　　張飛和關羽覺得若是真有如此一位賢才，當然會對大哥的事業大有幫助，但是他們都覺得大哥不應**紆尊降貴**去拜訪這個人。張飛直率地說：「這個諸葛亮不過是一個普通鄉民，還是個**乳臭未乾**的小子，怎麼需要大哥親自去拜見，派人去叫他過來不就行了嗎？」

　　劉備嚴肅地說：「這位諸葛先生是不可多得的人才，不能隨便差人傳令叫來，必須由我親自上門拜訪，表示誠意才行。」

　　張飛和關羽便陪劉備一連去了隆中三次。**第一次**是諸葛亮不在家；

第二次是**風雪交加**的大冬天，張飛勸道：「這麼冷的天，大哥何必辛苦跑一趟？我看這小子不值得大哥如此做！」劉備很生氣：「你怕冷就別去，我自己去！」張飛當然要護衞着大哥同行，但是這次這位諸葛先生又不在。過了年，劉備又要去**第三次**拜訪諸葛亮，這下張飛實在忍不住了，撸起袖子拍拍胸脯說：「這小子太囂張了！大哥只管坐在家，我用麻繩把他綁來見你好了！」劉備斥責他胡鬧，最後當然還是三人一起出門了。

這次劉備終於見到諸葛亮了，兩人**促膝長談**，劉備的真心實意打動了

諸葛亮，這位能人終於願意出山輔助他了。諸葛亮為劉備指出取得荊益兩州、聯吳抗曹奪天下的三步驟，稱為「隆中對」。

劉備**茅塞頓開**，拜他為軍師，日夜與他交談，甚至同食同寢。張飛和關羽相對被冷待了，他們很不服氣，關羽認為讓一個沒有什麼資歷，只有二十多歲的年輕人當軍師，事事請教他，對劉備來說是有失身分的。張飛更是不屑地說：「我看這**白面書生**只會空談，沒什麼真本事，看來我們上了他的當！」

劉備卻說：「你們不用擔心，我

深知他對我事業的價值。有了他，我好比**如魚得水**啊！」

好在不久諸葛亮就在博望坡一戰顯示了實力——曹操大將夏侯惇帶兵十萬進攻新野，諸葛亮設計把曹軍引進山上的埋伏圈，再一把火燒了他們的糧草隊，殺得曹軍大敗。劉備大軍的上下將士這才消除了對新任軍師的疑慮。

心直口快的張飛當面向諸葛亮鞠躬道歉：「以前翼德對軍師有所不敬和冒犯，請軍師**不計前嫌**，多多包涵！軍師僅以三千兵馬擊敗敵軍，真是**神機妙算**！打得漂亮，打得漂

亮！」諸葛亮忙扶起張飛，説：「張
將軍千萬別這樣説，以後的戰事還是
要借助將軍的力量呢！」

張飛對這位年輕軍師完全折服，
就如他一向佩服有**真才實學**的正人君
子一樣，對他們又敬又畏，衷心擁護
愛戴。

先生真是
神機妙算！

第五章
粗中有細有膽識

當陽斷橋

建安十三年（公元208年），曹操初步平定了北方，率領多路大軍南下要攻佔荊州。這時，劉表病逝，繼承者劉琮投降了曹操。劉備眼看新野保不住，決定帶領百姓一起向南撤退。曹軍攻城，關羽用白河河水打散了曹軍。張飛帶兵來護送劉備撤退，再一次與曹將許褚交手，張飛護主心切，揮動長矛與許褚拼死搏鬥，終於讓劉備一行衝出重圍，渡河到樊城。

　　然而，曹軍在後面窮追不捨，劉備只好放棄樊城，再向南退到襄陽，又奔向江陵。曹操不想富足的江陵落入劉備手中，就親自帶領五千騎兵**日夜兼程**追來。劉備派關羽去江夏向劉琦求援，令趙雲護送兩位夫人和孩子阿斗，自己和張飛帶領隊伍對付敵人。

　　隊伍來到當陽縣北邊的長坂坡，原本相距三百多里的曹軍只用了一個晝夜就追上了。兩軍惡戰，雖然張飛奮力殺敵，但是劉備這支十餘萬人、**扶老攜幼**的隊伍怎抵擋得了銳氣旺盛的曹軍？劉備的隊伍被打得落花流

水，潰不成軍，武器和裝備全部落入
敵手。劉備與家眷失散，身邊只有少
數人馬保護他，看來只要曹軍再次
衝上來，就難以保命了。在此危急時
刻，只見張飛騎着快馬，揮着蛇矛衝
過來，抵擋曹軍對劉備的猛烈攻打，
拚命殺出一條血路，讓劉備一行向東

逃去，他自己帶領二十個騎兵斷後。

與劉備分別前，張飛在隊伍中不見趙雲，問劉備：「大哥，怎麼不見子龍？」

劉備說趙雲剛才送了甘夫人來，一轉眼不知去哪裏了。身旁一將說：「我看到趙將軍掉轉馬頭走了，怕是投降去了！」

劉備怒斥道：「你別胡說，子龍不會背叛我的！」

張飛一聽卻**火冒三丈**，心想：「哼，看來這個趙子龍臨陣逃脫了！待我找到他便一刀砍了他！」

接著，劉備一行飛奔過一座名叫

長坂橋的木橋，進入橋東面的樹林中暫作喘息。這座長坂橋橫跨在漢水支流上，是來往東西的重要交通要道。張飛觀察地形，覺得死守在這裏擋住曹軍，就能讓大哥順利從當陽向東走，沿漢水往江夏而去，他狠下決心一定要守住這個關口。

遠望東邊的小樹林，張飛**心生一計**，命令手下：「快進入林中，砍些樹枝綁在馬尾上，來回在林中奔跑，揚起塵埃，切勿停下來！」手下立即照辦。

果然，林中揚起一片塵土，煙塵滾滾，加上馬蹄聲「得得」，好似有

千軍萬馬在飛奔過來。這時，在西邊有一人騎着馬飛奔而來，走近了才看清，原來是渾身鮮血的趙雲！張飛舉起蛇矛大叫：「你這小子不是去投敵了嗎？還敢回來？」

趙雲**上氣不接下氣**，大口喘氣說：「我回去找糜夫人和孩子，好在孩子找到了，就在這兒！」說着他指指自己懷中的一團布狀物，原來是劉備的兒子阿斗被他安安穩穩的護着，趙雲問道：「主公呢？」

張飛這才明白自己冤枉了他，連忙指着前方說：「在前面呢，你快追上去吧，這兒有我！」趙雲**馬不停蹄**

飛馳過橋，絕塵而去。

曹軍隨即追到，為首大將是文聘、曹仁、張郃、許褚、張遼等人，每位都是曹操麾下的猛將。張飛橫持手中的蛇矛，挺胸凸肚，**威風凜凜**，騎馬佔據橋上，濃眉倒豎，一臉殺氣騰騰。身後的「張」字大旗在風中獵獵飄舞，更增添了幾分殺氣。

望見張飛這副**兇神惡煞**的模樣，曹軍在橋西頭停住腳，幾位大將也猶豫了。

張飛深深吸了一口氣，用盡肺腑全力大聲喝道：「我張翼德在此，誰敢前來與我決一死戰？」這一吼，聲

如響雷、**驚天動地**，曹軍士兵手中的槍矛都被震得抖索，前排夏侯傑嚇得跌下馬來，口吐鮮血當場氣絕。曹軍大嘩，陣腳亂了。幾個將領見軍心已渙散，又見遠處塵土飛揚，似有大軍正奔來增援，自己也不想上前送死，便紛紛撥回馬頭，身後士兵見將領掉頭走，便轉身要跑，頓時人仰馬翻，人踩人、馬踏人，一片混亂。

曹軍撤退了，張飛舒了一口氣，下令拆斷長坂橋橋樑，以免曹軍事後發現並沒援兵前來，會迅速過橋，追上他們。他帶同身邊的騎兵快馬加鞭追上劉備他們，向江夏直奔而去。

事後劉備知道了此事，笑着對關羽說：「別看三弟是個粗壯大漢，他粗中有細又有膽識，是真英雄啊！」

義降嚴顏

同年年底，曹操帶領大軍挑戰東吳孫權，孫權與劉備聯手在赤壁一戰中火燒曹營，曹軍大敗。曹操帶着殘兵西逃，東吳軍緊追，劉備也派兵配合追擊，安排趙雲埋伏在烏林出擊，曹操由幾位大將拚死掩護才可脫身。

曹操一行逃到葫蘆谷，見不再有追兵，**疲倦不堪**的士兵便卸甲就地稍息。曹操正在嘲笑周瑜和諸葛亮怎麼不

在這咽喉地帶布置伏兵，便聽得前方響起一陣吶喊聲，一名滿臉濃鬚的粗壯大將帶領人馬一字排開橫堵在前面，大吼道：「休想逃走！你們誰敢來闖過我這一關？」曹軍都認得這是萬人敵張飛，嚇得**心驚肉跳**。曹操的貼身保鏢許褚騎上沒有馬鞍的馬，衝出來迎戰，張遼、徐晃也出來左右夾攻。這支如**喪家之犬**的敗軍怎抵得住戰鬥力旺盛的張飛？張飛舞動蛇矛對付三人**應付自如**，三人漸漸招架不住。曹操趁亂逃走，曹軍也就不再戀戰，隨着向西逃去。張飛哈哈大笑：「姑且放你們一馬，前面還有好戲呢，看你

們能逃多遠！」他知道二哥關羽就在前面等着出擊，就不再追擊。

不過，曹操敗軍在華容道遇上關羽，關羽為了償還當年屈居曹營時受到曹操禮待之情，便放了曹操一馬。張飛擔心關羽會受到軍法處置，還好大哥劉備為關羽求情，軍師諸葛亮才免了關羽的罪。

曹操逃回許都，留下曹仁等人守住江陵。後來，曹軍與東吳爭奪南郡之際，諸葛亮與劉備籌謀**趁虛而入**，攻打荊州南部幾個郡。劉備先取得了零陵，趙雲和張飛都願意去取桂陽，兩人抓鬮*，誰抓到紙團便可出兵。

*抓鬮（粵音鳩）：大家抽取一張在上面做了記號的紙卷或紙團，以決定誰得到什麼或做什麼。

趙雲抓到了，張飛不服氣，說：「如果是我抓到，我只要三千人馬定能成功！」趙雲也說只要三千人，還立下了軍令狀。

趙雲勝利歸來，張飛大叫：「竟然連趙子龍這個比我年輕的人也能以三千人打敗對手！

難道我是個沒用的人嗎？給我三千人馬，我立馬去把武陵打下來！」他也立下了軍令狀，帶軍出發。武陵太守金旋親自迎戰，張飛老遠就朝着他大吼：「我張翼德在此，速速投降，可饒你一命！」

金旋與張飛交手沒幾個回合就知道自己已是**命懸一線**，回馬就逃。城裏官員見到張飛這般聲勢，早就嚇破了膽，亂箭齊發射死了金旋，打開城門投降，張飛得意洋洋**凱旋而歸**。後來劉備取得荊南四郡後，張飛兼任宜都郡太守，封爵新亭侯，管轄南郡的西部地區，後又任南郡太守。

　　劉備擁有了大部分南郡，與曹操、孫權瓜分了荊州之後，應益州太守劉璋之請，去益州助他對付漢中的張魯，讓諸葛亮和關羽、張飛留守荊州。後來劉備與劉璋**干戈相見**，張飛和諸葛亮奉命前去支援，一路西進沿着長江平定了各個郡縣。

　　張飛帶領兵馬攻克了巴東郡後，那一日來到巴郡的治府江州，部下報告說，太守嚴顏六十多歲了，但仍是**老當益壯**，誓要抗爭到底。張飛這一路**勢如破竹**，戰果輝煌，守城將領一聽他的大名沒有不服的，哪敢與張飛死拼？所以，張飛一聽這情況就破口

大罵：「這老傢伙活得不耐煩了嗎？好吧，等我來收拾他！」

張飛在離江州十里地紮營，派人去勸降卻遭嚴顏嚴拒，他便策馬到城門口挑戰，卻被城門上發出的亂箭射到了頭盔。嚴顏就是死守，不出城迎戰，張飛氣得七孔生煙。

到了第十天，張飛心生一計，命令士兵去城外四處尋覓小徑，割草清理道路，故意透露消息說某天將放棄攻城繞道而走。嚴顏知道正面攻擊打不過張飛，就布置好伏兵專攻張飛大軍後面的糧草隊。誰知在前面走過去的是假張飛，等嚴顏率領人馬來搶

劫糧草隊時，真正的張飛才從後面殺出，大喊：「嚴老賊，等你好久了，今日你休想跑掉！」

嚴顏被他的架勢震懾得心慌意亂，使不出力，交手一兩個回合就被張飛刺倒，生擒活捉。

張飛隨即帶軍殺入江州城。嚴顏被五花大綁押到張飛面前，直挺挺站着，不肯下跪。張飛怒斥：「我軍**兵臨城下**，你為何不投降？反而敢來與我對抗？」

嚴顏毫無懼色，大聲說：「是你們沒有道義，前來侵佔我們州郡。這裏只有斷頭將軍，沒有投降將軍！」

張飛少見這樣與他頂撞的人，**勃然大怒**，吼道：「來人，把這個老賊拉出去斬了！」

嚴顏仍然強硬地喝道：「砍頭就砍頭吧，何必這樣動怒！」

張飛沒見過在他面前這樣寧死不屈的漢子，心中油然而生欽佩之情。他

親自為嚴顏鬆綁，朝他拱手一拜道：「老將軍是豪傑，剛才語言冒犯，請原諒！」張飛的舉動令嚴顏大吃一驚，但也被他的情義感動，於是**心悅誠服**投降了，還自願引領張飛部隊西進，一路親身勸說各地守將投誠。

張飛部隊與諸葛亮、趙雲會合，協助劉備取得了益州，日後張飛還被任命兼任巴西太守，領軍駐守閬中。在鎮守閬中這七年裏，他治軍嚴格、愛民如子，留下了「**虎臣良牧**」的美譽，「虎臣」指他作戰勇猛；「良牧」稱讚他是好官。

智鬥張郃

　　漢中的張魯投降了曹操，曹操想把三巴（巴郡、巴東、巴西）的百姓遷到漢中，就命大將曹洪、張郃帶兵對付駐守巴西的張飛。猛將張郃帶了三萬人馬在險要山區紮寨，主動去挑戰張飛，初戰就被打敗，之後兩軍相持五十多日無動靜。

　　張飛在曹軍營寨前安營，整日飲酒作樂，往往喝得**酩酊大醉**，並令軍士對着曹營辱罵。劉備接報後很擔心，以為他又要酒醉誤大事。諸葛亮卻**胸有成竹**，笑着説：「這是張將軍的用計，不用擔心，再送五十罈好酒

給他吧！」五十罈好酒用三輛大車送到，張飛在心中暗暗讚許：大哥和軍師真知我心！喝酒喝得更起勁了。

　　張郃獲報說張飛天天大醉，就計劃夜晚劫營。張郃親自帶領人馬闖入張飛主營，見喝醉的張飛伏在桌上，一槍刺過去，卻不料刺中的是一個草人！張郃大驚，奪門而逃，但為時已晚，張飛大笑着帶軍衝殺過來。張郃邊打邊逃，已是心慌意亂，無心應戰。張飛還令人放火燒了張郃山上的營寨，張郃只好逃去瓦口關。

　　曹洪沒有支援張郃，張郃不甘心失敗，再次主動挑戰張飛，想把他引

進埋伏圈。張飛早料到這一點，布置了一場「反埋伏」戰，找到百姓另覓小路安排伏兵，反把張郃引到狹窄的山道，截斷他的前後路大殺一場。張郃狼狽得捨棄了坐騎，帶着僅餘的十多名部下攀登山崖逃走，進入南鄭。

這一仗，張飛巧妙地利用自己愛喝酒的弱點來迷惑敵人，**引君入甕**，以一萬人馬打敗張郃的兩萬部隊。事後張飛得意之餘，在獲勝的八蒙山石壁上用蛇矛鑿下了一行字：「漢將軍飛，率精卒萬人，大破賊首張郃於八蒙，立馬勒銘。」筆力遒勁，**龍飛鳳舞**，顯示他書法的功底。據說張飛在

行軍期間，有時還會寫幾句小詩文，可見張飛不僅是一位勇猛武將，也是很有生活情趣的人。

劉備奪得漢中後，於公元219年自立為漢中王，任命張飛為右將軍。本來眾人都認為張飛是最合適當漢中太守的，但是劉備卻提拔了一名以私兵身分入伍的雜牌將軍魏延，全軍震撼。張飛毫不在意，認為魏延的確為劉備立下不少戰功，絕對有能力擔任漢中太守。人們都敬佩張飛心胸寬廣、**虛懷若谷**。

遺憾枉死

公元219年冬天，曹操與孫權聯手對付劉備，討伐關羽。關羽大意失荊州，敗走麥城，關羽關平父子二人被孫權兵馬雙雙活捉斬首。噩耗傳來，劉備嚎啕大哭幾天幾夜，**痛不欲生**，發誓要向東吳報仇。

駐紮在閬中的張飛聽說二哥被孫權殺害，**撕裂心肺**大哭，日夜哀啼，哭至血染衣襟。自此以後，張飛常常邊哭邊飲酒，喝得大醉後脾氣更加暴躁，一有不如意的事就下令鞭打處罰，打死了幾個士兵，士兵對張飛又怕又恨。

　　公元221年四月劉備稱帝建立蜀漢，他第一件事就是出兵東吳，為關羽報仇雪恨。當時，即使諸葛亮及文武大臣都勸阻他，一致認為應聯合東吳對付曹魏，而非進攻東吳，但痛失義弟的劉備怎樣也不聽。

　　那一日，劉備從成都派人送來王旨，任命張飛為車騎將軍，領司隸校尉，封爵西鄉侯，兼閬中牧。張飛憤然責問：「我二哥被害多時，我們三兄弟結義為盟，誓同生死，為何至今不發兵**報仇雪恨**？」使者回答說有人勸說先去滅掉曹魏再對付東吳。

　　張飛不同意：「為二哥報仇事

大，豈能耽誤！我就去請命，願當前鋒伐吳！」張飛速到成都見劉備，商定由張飛自閬中出兵，劉備統領四萬精兵與張飛在江州會合一起伐吳。

臨別時，劉備囑咐張飛：「三弟，你酒後時常暴怒，鞭打將士，這樣早晚會出事的。你對將士太嚴格了，要愛護他們啊！」劉備平時也常常這樣勸告他，張飛雖然答應了，但還是改不了。

張飛回到閬中後積極作準備，他下令全軍出征時要穿素服掛孝紀念關羽，所以命令部將張達、范疆三日內要準備好全軍的白旗白盔白甲。兩人

表示時間緊迫難以做到，張飛大怒，把兩人抽了五十鞭，打得二人皮開肉爛。兩人商議說，三天內根本沒法趕製好孝服，既然遲早會死在張飛手中，不如先下手為強，殺了他。

那一晚，張飛酒醉躺在牀上，張達、范疆持刀潛入，見張飛熟睡還睜着雙眼，不敢動手。突然，張飛在睡夢中大吼一聲，嚇得二人幾乎連手中的刀都跌落地上。後來聽到他**鼻鼾如雷**，才敢趨前用刀刺進他腹部，張飛大叫一聲，氣絕身亡，就這樣死在自己的部下手中。兩人割下張飛首級，連夜順江而下投奔東吳。

　　劉備出征前夕聽到閬中有使者
來報，心知不妙。當他知道張飛的死
訊，當場失聲痛哭，呼喊：「我的二
弟喪命了！想我當初與翼德、雲長結
義，發誓同生共死。如今我貴為天

子，正是與弟弟們享受榮華富貴的時候，但他們都死於非命！」劉備傷心欲絕，昏倒地上。

自此，桃園結義、情深義重的劉關張三人，只餘下劉備一人了。張飛的兒子張苞以及關羽的兒子關興都繼承父業跟隨劉備作戰，但兩人曾為了比試武藝而幾乎兵刃相向，幸好有劉備阻止。

劉備叱責他們：「我與你們的父親結為異姓兄弟，親密如至親，你們二人也應該以自己父親為榜樣，同心協力！但你們竟然忘卻大義，父親過生沒多久便自相殘殺，你們這樣做對

得起他們嗎？」

　　劉備說得**痛心疾首**、大義凜然，張苞和關興慚愧得丟棄兵器，跪拜在地上。

　　「你們二人誰比較年長？」劉備問，心中有了打算。張苞說他比關興年長一歲，劉備便讓關興拜張苞為義兄，說：「從此，你們便是義兄弟了，要互相扶持，討伐東吳，為父報仇！」張苞和關興當即折斷了箭，以此立誓。

　　從此，張苞和關興二人在戰場上並肩作戰，張苞挺着蛇矛，關興執着偃月刀。有時，劉備望着這二人的背

影，不禁回憶起昔年，自己與關羽、張飛馳騁沙場，英姿勃發，如今只餘下他孤身一人了……

＊　　　＊　　　＊　　　＊

公元260年，蜀漢追諡張飛為桓侯，「克敬勤民曰桓，武定四方曰桓」，張飛正是這樣一位勇猛忠義的虎將良臣。他嫉惡如仇，維護正義，為理想與兄弟勇往直前，不計較名利，為匡扶漢室立下赫赫戰功；可惜他只敬君子不體恤士兵，愛民如子卻治軍嚴苛，加上暴躁易怒的性格，釀成了悲劇，斷送了五十餘歲的美好人生，壯志未酬，含恨離世。

下冊預告

下一位出場的人物是誰？

他是蜀漢的五虎大將軍之一，一生中幾乎不曾戰敗，被稱為「常勝將軍」。

他忠心護主，為拯救劉備兒子，七進七出敵陣，奮戰沙場。

他為蜀營征戰數十載，到了七十歲仍能斬殺強敵，勇武過人。

他是誰？

**欲知下冊人物故事，
且看《三國風雲人物傳 12》！**

三國風雲人物傳 11
英豪壯士張飛

作　　者：宋詒瑞
插　　圖：HAND SOLO
責任編輯：陳奕祺
美術設計：徐嘉裕
出　　版：新雅文化事業有限公司
　　　　　香港英皇道 499 號北角工業大廈 18 樓
　　　　　電話：(852) 2138 7998
　　　　　傳真：(852) 2597 4003
　　　　　網址：http://www.sunya.com.hk
　　　　　電郵：marketing@sunya.com.hk
發　　行：香港聯合書刊物流有限公司
　　　　　香港荃灣德士古道 220-248 號荃灣工業中心 16 樓
　　　　　電話：(852) 2150 2100
　　　　　傳真：(852) 2407 3062
　　　　　電郵：info@suplogistics.com.hk
印　　刷：中華商務彩色印刷有限公司
　　　　　香港新界大埔汀麗路 36 號
版　　次：二〇二四年二月初版

ISBN: 978-962-08-8330-9
© 2024 Sun Ya Publications (HK) Ltd.
18/F, North Point Industrial Building, 499 King's Road, Hong Kong
Published in Hong Kong SAR, China
Printed in China